Publicado por Orange Hat Publishing 2022
ISBN 9781645384335

Derechos de autor © 2022 por Meg Lara
Todos los derechos reservados.
Francisco y el Día de Acción de Gracias
Escrito por Meg Lara
Ilustrado por by Amara Venayas Rodríguez

Se prohíbe la reproducción y todo su contenido no pueden ser reproducidos o transmitidos en parte o en su totalidad sin el permiso por escrito del autor.

www.orangehatpublishing.com

Para mis hijos y mi esposo.
Doy gracias todos los días por tener una familia
tan maravillosa como vosotros.
Un besazo.

Se acercaba el Día de Acción de Gracias.
La temperatura empezaba a bajar.

Las hojas ya han cambiado de color y empiezan a caer al suelo.

Se ven muchas aves volando en el cielo en forma de V y las ardillas se ponen gorditas.

Los niños empiezan a hacer manualidades de pavos, calabazas y peregrinos en el cole de Francisco.

gracias por .

A él le gusta mucho el Día de Acción de Gracias. La maestra les explicó que éste es un día especial para recordar todas las cosas buenas que tenemos y para estar agradecidos.

familia
amigos
amor
hogar
salud

Francisco empezó a pensar en todas las cosas buenas que tenía:

Cosas buenas

Todos los años voy al centro con mis dos hermanos y mis padres para poder ver el desfile del Día de Acción de Gracias.

Pasan muchos globos gigantes de mis personajes favoritos.

También hay bandas que marchan en las calles.

Hay bailarines e incluso conocí a mi superhéroe preferido un año. Doy gracias por pasar tiempo con mi familia.

A veces voy a la casa de mi grandma y grandpa, los padres de mi mamá. En su casa comemos pavo, puré de patatas, boniatos, relleno de pavo y arándanos rojos ese día.

Otros años voy a la casa de mis abuelos, los padres de mi papá.

En su casa comemos pavo, tamales, mole, ceviche, pozole y bebemos champurrado. Doy gracias por tener comida para comer.

A mi padre le gusta mucho ver los partidos de fútbol americano en el Día de Acción de Gracias.

Me gustan los partidos porque me da tiempo para acurrucarme con mi papá en el sofá. Doy gracias por tener una tele para entretenernos.

A mi madre le gustan los postres. Para el Día de Acción de Gracias ayudo a mi madre a hornear cupcakes de calabaza.

Los decoramos juntos para que parezcan pavos. Me gusta ser creativo y fingir ser chef. Doy gracias por tener un horno para poder cocinar.

Aunque me gusta el Día de Acción de Gracias, estoy emocionado porque mañana ...

decoraremos toda la casa para la Navidad! Doy gracias por tener una casa calentita que decorar y por tener una familia que me quiere tanto.

Printed in the USA
CPSIA information can be obtained
at www.ICGtesting.com
LVHW060910151123
763698LV00017B/78